Les vieux golfeurs ne meurent jamais.
Un jour, ils partent chercher une balle perdue
et ils ne reviennent plus.[1]

À mon vieil ami d'enfance parti un jour
sans dire au revoir.

À mes grands-parents qui m'ont tant offert.

---

[1] Citation golfique anonyme.

Cet ouvrage est une fiction. Toute ressemblance avec des personnes existantes ou ayant existé n'est que pure coïncidence.

© Benoît Houssier - novembre 2018

Le Code de la propriété intellectuelle interdit les copies ou reproductions destinées à une utilisation collective. Toute représentation ou reproduction intégrale ou partielle faite par quelque procédé que ce soit, sans le consentement de l'Auteur ou de ses ayants cause est illicite et constitue une contrefaçon sanctionnée par les articles L335-2 et suivants du Code de la propriété intellectuelle.

Benoît Houssier

# Mémé Justice

Petit roman meurtrier

Chapitre 1

Léonore vivait ses dernières heures comme aide soignante à la « Résidence Senior - Le chêne et le roseau ». Elle n'aurait bientôt plus à supporter l'odeur glaciale des néons ni le silence assourdissant qui règne dans ce mouroir trop cher pour être honnête. Elle avançait d'un pas professionnel dans le couloir du premier étage. Le sol de plastique marbré défilait, couinant sous ses Crocks, plaintes sautillantes répondant parfois à un râle perçant l'atmosphère zébrée de relents de décibels télévisés. Combien de fois avait-elle longé ces murs équipés de mains courantes auxquelles les pensionnaires les plus mobiles s'accrochaient comme dans les coursives d'un paquebot à la dérive ? Ce soir elle quitterait le navire, enfin ! Avant, c'était une maison de repos ; à présent, elle en était repue. Certains y laissaient leurs parents, d'autres y perdaient leur santé. Léonore y avait gagné sa liberté. Sept ans de bons et loyaux services lui avaient suffi pour vérifier la dégradation de l'humanité dans cet enfer. Elle se souvenait de son premier jour : elle sortait pleine d'enthousiasme de sa formation d'aide soignante et faisait tourner les têtes des papys qui l'imaginaient nue sous sa blouse ! Sept ans plus tard, elle avait transformé son stress en graisse et les mamies qui la jalousaient les premiers temps, ne se privaient pas de lui faire remarquer que ses rondeurs s'installaient avec obstination. Elle ne leur en voulait pas. À leur place, elle aurait certainement été aussi aigrie.

Léonore laissa ses pensées poursuivre leur chemin dans le couloir et entra dans une chambre où elle chantonna son habituel : « Bonjour madame Duchemin ! » Cette dernière ne lui répondit pas et ne réagit pas non plus quand Léonore lui demanda : « Vous avez bien dormi cette nuit ? » La dévouée jeune femme ouvrit les rideaux en ajoutant : « Ha mais bien sûr, vous n'avez pas vos appareils dans les oreilles, alors forcément vous ne m'entendez pas… » Puis elle s'approcha du lit, caressant avec tendresse la main posée sur la couverture, et ne put retenir un léger cri : la main de madame Duchemin était froide et raide comme du bois. Léonore avait souvent été en contact avec des personnes décédées, depuis sept ans qu'elle travaillait dans l'établissement, mais elle se laissait encore surprendre. Ces gens qui partent dans la nuit, pendant qu'ils dorment, sans un dernier mot pour ceux qu'ils laissent derrière eux, ça la touchait profondément. Elle s'assit un moment sur le fauteuil près du lit, le regard dans le vague. Sa dernière conversation avec madame Duchemin lui revenait :

« Ils vont venir vous voir ce week-end vos petits-enfants, n'est-ce pas ?

- Oh vous savez, ils ne s'attardent jamais. Ils ont mieux à faire que de perdre leur temps avec une vieille radoteuse comme moi !

- Allons, madame Duchemin, vous savez bien qu'ils vous aiment !

- Foutaises ! Allez faire croire ça à d'autres ! Et si vous n'avez rien de mieux à faire que de me contrarier, vous feriez mieux d'aller embêter mes voisins de palier !

- Pardon madame Duchemin, je ne voulais pas vous froisser… »

Et Léonore avait continué à lui faire sa toilette le plus soigneusement possible. Avec l'expérience, elle avait acquis une certaine dextérité pour soigner ces personnes dépendantes dont elle avait la charge. Bien sûr, les huit minutes réglementaires allouées par jour à chaque résident ne suffisaient pas à leur apporter tout le nécessaire. Alors un jour elle s'occupait des cheveux, un autre des dents, de temps à autre elle prenait le temps de couper les ongles trop longs, et puisque la plupart de ses protégés ne se plaignaient pas trop, il n'était pas rare que certains gardent la même couche plusieurs heures d'affilée. Au début, elle avait essayé de changer les choses, signalant systématiquement les problèmes à sa hiérarchie. Un jour, elle avait même osé parler de maltraitance à son directeur qui l'avait menacée de sanctions sévères si elle s'avisait d'employer de nouveau ce genre de gros mot : « N'allez pas nuire à la réputation de notre respectable maison, mademoiselle ! Sachez que vous ne trouverez pas mieux ailleurs et que nos actionnaires se feraient un plaisir de ruiner votre carrière au moindre faux pas de votre part ! Une dernière chose : n'oubliez pas que la majorité des personnes dont vous vous occupez ne seront plus là bientôt et que leurs familles ne viendront pas pleurer sur votre épaule ! »

Le message était clair ! Léonore n'avait pas bronché. Elle avait tourné les talons, se promettant de faire de son mieux pour rendre le plus agréable possible leur séjour à ces personnes qui auraient sans doute préféré être ailleurs. Elle savait qu'elle ne gagnerait pas ce combat de David contre Goliath. Elle devait éviter de faire des vagues si elle voulait garder sa place pour payer ses factures. Cependant, elle était intérieurement révoltée et sa colère ne faisait qu'amplifier depuis son embauche. Ni les départs de ses collègues surmenés ni les plaintes des familles ne changeaient rien à cette situation cynique. L'accueil se dégradait et elle savait bien que c'était le cas dans la plupart des maisons de retraite. Depuis sept ans elle rongeait son frein. Les profits de l'établissement allaient dans les poches des actionnaires et de la direction, au lieu de permettre aux résidents de bénéficier de soins dignes de ce nom et elle ne supportait plus de travailler dans de telles conditions. Heureusement pour elle, son poste allait bientôt être supprimé afin de réduire les frais de structure. Pour préserver sa santé, elle ne chercherait pas à rester dans ce lieu de perdition et pourrait jouir d'une nouvelle liberté bien méritée.

## Chapitre 2

Ma grand-mère est une super-mémé ! Elle a toujours été là pour moi. Quand j'étais petite, elle surgissait dès que je m'écorchais les genoux. Elle me consolait de sa voix rassurante : « Approche Léonore, ma bichette, je vais te mettre du baume de mon cœur », et je repartais jouer avec les genoux couverts de mercurochrome, pleine d'entrain. Pendant que je m'amusais, elle cuisait ses incomparables financiers aux amandes dont elle avait le secret et je déboulais dans la cuisine à l'heure du goûter, avant même qu'elle ne m'appelle, alléchée par l'odeur chaude qui portait cette promesse moelleuse jusqu'à mes narines. Lorsque j'ai grandi, elle a soigné mes peines de cœur, et souvent elle m'a écoutée lui raconter mes difficultés face à certains choix. Je ne suivais pas toujours ses conseils, et même parfois, il m'arrivait de faire l'inverse de ce qu'elle préconisait. D'ailleurs, dans ces cas-là, le choix s'avérait être le bon et je me demandais si elle n'avait pas fait exprès de me dire le contraire de ce qu'elle pensait, sachant que j'opterais pour l'autre option !

Bref, j'ai toujours pu compter sur Mémé, alors j'ai décidé qu'elle pourrait toujours compter sur moi. Ainsi, lorsqu'elle n'a plus été en mesure de tout faire seule chez elle, je me suis débrouillée pour lui donner des coups de main. Avec ses enfants et le reste de la famille, nous nous sommes organisés pour qu'elle ait des visites chaque jour. Il y avait toujours quelqu'un pour aller lui faire une course, bricoler des petites choses dans sa maison ou l'assister dans des démarches administratives rendues compliquées par la dématérialisation systématique des services publics. Un jour, elle a commencé à avoir des difficultés à se déplacer, gênée par des sciatiques chroniques, et il lui est devenu difficile de gérer ses repas et son ménage. Alors on a fait appel à des aides-ménagères. Puis, comme mes parents tiennent un hôtel-restaurant, ils ont fini par se mettre d'accord avec ses autres enfants pour l'accueillir de façon permanente. Tout allait bien, jusqu'au jour où elle a commencé à s'égarer un peu. Rien de grave, elle oubliait des petites choses sans importance, mais la répétition de ces oublis apparemment anodins a inquiété mes parents. Ils en ont parlé avec mes oncles et tantes, et sans consulter Mémé, ils ont décidé de chercher un établissement spécialisé pour la prendre en charge.

Pour moi il en est hors de question ! Jamais je ne laisserai ma Mémé chérie se faire enfermer dans une maison de retraite qui ne fera que réduire son espérance de vie ! Je connais trop ce genre de lieu pour laisser Mémé y finir ces jours. Alors, pendant que ses enfants cherchent un endroit pour se débarrasser d'elle, je continue de la soutenir pour qu'elle leur démontre qu'elle peut continuer à vivre chez mes parents sans problème. Je lui ai acheté un portable pour lui passer des petits coups de fil, pour lui rappeler des choses qu'elle pourrait oublier, et ça rassure tout le monde de savoir qu'on peut la pister avec ce genre d'appareil, au cas où elle se perdrait en allant se balader. Enfin, une chose est sûre, elle ne loupe jamais ses rendez-vous du jeudi avec son amie Abelle, avec laquelle elle passe des après-midis entiers à jouer au bridge, dans les salons du club de golf où son amie a ses habitudes.

## Chapitre 3

« Tu es au courant qu'ils l'ont retrouvé noyé dans le bassin du premier trou ?

- Mais Abelle, de quoi est-ce que tu me parles ? Tu ne voudrais pas jouer plutôt ?

- Ho, laisse un peu tomber le bridge, tu veux ? Je te parle de l'agent d'entretien du golf, qu'on a retrouvé hier, le corps à moitié dans l'eau. Je trouve ça louche. La police est venue ce matin mais ils n'avaient pas l'air futes-futes et je n'ai pas l'impression qu'ils soient très motivés pour faire avancer l'enquête.

- Tu veux dire que cet Afghan que tu avais aidé à obtenir des papiers et ce job est… mort ?

- Oui ! Atterris, j'ai l'impression que tu n'es pas toujours là ces derniers temps, tu es sûre que ça va ?

- Je vais bien merci, ne t'inquiète pas, tu ne vas pas

t'y mettre toi aussi, j'ai déjà assez de mes enfants qui relèvent mes absences ! Je les soupçonne même de vouloir m'installer dans une maison de retraite pour éviter d'avoir à surveiller mes faits et gestes. Comme si j'allais faire de grosses bêtises ! Mais toi, tu n'es pas trop affectée par le décès de ton ami ?

- Non, nous n'étions pas vraiment amis, j'ai juste soutenu monsieur Aurang quand il en avait besoin, mais j'avais remarqué que certains membres du club avaient parfois des mots ou des comportements déplacés à son égard et c'est ce qui me fait penser que sa noyade est louche !

- Tu veux dire que ce serait un meurtre ? Tu penses à un crime raciste ?

- Je ne peux rien affirmer mais mon intuition me laisse croire que cet « accident » est suspect, et je ne suis pas certaine que la police ait suivi toutes les pistes… »

Cette nuit-là, le sommeil de Mémé fut perturbé par un rêve étrange : l'homme d'entretien du golf vint la visiter en songe et des flashs de son exécution lui permirent de savoir dans quelles circonstances il était mort. La journée touchait à sa fin. La lumière rasante colorait le parcours et monsieur Aurang achevait de tondre le green. Il aimait bien ces teintes chaudes qui lui faisaient penser aux fins de journées dans ses collines pachtounes. Il laissait ses pensées vagabonder en regagnant le local technique, lorsque quelque chose attira son attention dans le bassin du premier trou. Un club était planté à deux mètres de la berge et il stoppa sa machine pour aller le retirer. La pénombre s'installait et il ne vit pas la silhouette s'avancer derrière lui ni le club qu'elle brandissait. Monsieur Aurang n'eut pas le temps de souffrir. Le coup qu'il reçut dans la nuque fut si violent qu'il s'effondra la tête la première dans le bassin. L'assassin cracha sur le corps sans vie et murmura : « Pas fâché d'avoir nettoyé la place de ta sale race ! Un melon de moins à mûrir sur la terrasse ! »

Mémé se réveilla en sursaut et demeura un moment abasourdie par ce qu'elle venait d'entendre. « Cette voix… mais c'est bien sûr ! Pas de temps à perdre ! » Aussitôt, elle téléphona à Abelle. Cette dernière eut du mal à se réveiller mais décrocha, et Mémé lui résuma son rêve avant de lui donner rendez-vous l'après-midi même au clubhouse, pour lui révéler le nom de l'assassin de monsieur Aurang.

# Chapitre 4

Le lieutenant relisait le rapport remis par le brigadier Nicodème Bûche concernant le décès de Catherine Sumac : « La victime a été découverte par un joggeur qui a trouvé curieux que cette femme dorme dans sa voiture. Âgée de trente-six ans, cette jeune femme semblait en effet endormie au volant de son véhicule, garé sur le parking du Sunlight, où l'homme a révélé sa présence dimanche, à neuf heures quarante-trois. Madame Sumac était la meilleure joueuse du Golf du Tilleul. Elle remportait régulièrement les compétitions locales et était appréciée de tous. C'était une femme aussi charmante qu'agréable en société d'après les adhérents interrogés. Elle s'investissait dans les actions caritatives du club et elle venait régulièrement partager le parcours avec ses amies. La veille de son décès, elle avait accepté l'invitation du barman du clubhouse à le rejoindre avec ses copines dans la boîte voisine. Le corps a été transféré à l'institut médico-légal le matin même. » Une chose chiffonnait l'officier : Bûche ne semblait pas avoir interrogé le barman en question ! Il appela le brigadier et lui demanda d'aller questionner cet homme. Le policier s'exécuta et se rendit avec son adjoint au club de golf, mais le jeune homme n'était pas de service ce jour-là.

Abelle et Mémé étaient attablées sur la terrasse, sirotant une limonade bien fraîche et particulièrement bienvenue en cette chaude journée.

« Il va bientôt y avoir plus de flics que de golfeurs ici ! chuchota Abelle.

- Qu'est-ce qu'il se passe encore ? demanda Mémé.

- Fais un effort s'il te plaît ! Catherine Sumac a été retrouvée morte dimanche… »

Puis elle raconta à Mémé ce qu'elle savait de ce deuxième décès en ajoutant : « Jamais deux sans trois ! »

Pendant ce temps, le directeur du club répondait aux questions de la police dans son bureau et indiquait l'adresse du barman. Tout en collaborant avec les policiers, il songeait à la mauvaise publicité que ces événements risquaient de provoquer et il réfléchissait à la meilleure façon de demander aux adhérents de ne pas céder à la panique. Une fois la police partie, suivant la tradition, il invita les membres présents à partager un verre en hommage aux deux disparus, et en profita pour exhorter les adhérents à garder leur sang-froid. La réponse des participants fut sans équivoque, tous clamèrent la devise du club : « La balle qui atteint son but est faite de toutes celles qui l'ont manqué. »[2] Puis, en levant leurs verres, les golfeurs reprirent en chœur : « Partenaires, le green n'attend pas ! » Abelle chuchota à Mémé : « Et le crime ne paie pas ! J'aimerais bien savoir à qui ont profité ces deux meurtres… » Mémé ne répondit rien mais elle n'en pensait pas moins.

Abelle ajouta : « Au fait, tu m'avais dit que tu me révèlerais le nom de l'assassin de monsieur Aurang. » Mémé lui répondit qu'elle lui en reparlerait plus tard, lorsqu'elles seraient seules.

---

[2] Citation golfique anonyme.

Chapitre 5

Au moment où Nicodème Bûche frappait à la porte de l'appartement du barman, ce dernier était déjà loin. Il n'avait pas attendu que la police le recherche et on ne le reverrait pas de si tôt. Il savait que le médecin légiste ne décèlerait aucune trace du poison qu'il avait versé dans le verre de Catherine Sumac, mais sachant qu'il serait suspecté, il ne préférait pas risquer d'être mis en cause dans cette affaire. La jeune femme n'avait pas succombé à ses charmes, lui précisant qu'il était inutile d'insister, elle ne changerait pas d'avis. Il avait alors décidé de la supprimer plutôt que de souffrir de ne pas la conquérir. À présent, il réalisait qu'il avait été excessif. Cependant, il tenait trop à sa liberté et, comme rien ne le retenait dans la région, il s'était simplement volatilisé.

Quant à l'homme d'entretien, le policier avait négligé d'examiner la tête du soi-disant noyé. Abusé par les éléments visibles de la scène, il n'avait pas observé plus attentivement la victime, sinon il aurait vu sous l'épaisse chevelure la blessure laissée par le coup de club que l'homme avait reçu dans la nuque.

Bref, l'enquête démarrait à peine et patinait déjà ! Le brigadier Bûche avait beau se faire remonter les bretelles par sa hiérarchie pour résoudre ces enquêtes, aucun indice ne venait l'éclairer. Il quittait le bureau du lieutenant quand ce dernier lui lança : « Et démerdez-vous pour trouver l'auteur de ces crimes avant qu'il ne fasse une nouvelle victime ! »

Dans son bureau du clubhouse, le directeur du golf se faisait du souci, malgré le soutien affiché par les membres de son établissement. Il craignait de nouveaux incidents et prit contact avec un détective privé, espérant que ce dernier serait plus prompt à résoudre les énigmes et éviterait que d'autres meurtres soient commis. Maxime Petiot fit sensation lorsqu'il arriva pour la première fois au golf : il conduisait une vieille Renault Fuego bleu ciel dont le moteur ronflait comme un ours en pleine hibernation ! L'homme tentait de passer inaperçu dans un banal imperméable beige, inadapté pour la saison, et Abelle eut une expression d'étonnement en voyant l'énergumène arriver. Mémé ne voulant pas perdre une miette des aventures en cours, elle avait informé sa famille qu'elle irait désormais tous les après-midis au club, prétextant un tournoi de bridge. Elle posa ses cartes en voyant son amie étonnée suivre du regard l'homme qui passait dans son dos, se dirigeant vers le bureau du directeur. Se retournant, elle eut le temps de voir la silhouette s'engouffrer dans la pièce après avoir frappé. Abelle, en reprenant ses esprits, lâcha étonnée : « Qu'est-ce que c'est encore que ce grand échalas ? »

    Mémé, profitant qu'elles étaient seules en ce début d'après-midi, se leva et se dirigea vers la réception. Son intuition était en pleine ébullition depuis qu'elle avait fait ce rêve et elle pensait que le bois qui avait frappé l'homme d'entretien n'était pas loin. Elle voulait en avoir le cœur net et s'approcha des antiquités accrochées au mur de l'entrée. Abelle la suivait sans commentaire, se demandant ce que faisait son amie, quand Mémé décrocha un vieux club de bois sombre. Au moment où elle le saisit, un flash la traversa, et elle ressentit le coup sur sa propre nuque ! Elle manqua de tomber sous la violence du choc. Et des images de la vie de monsieur Aurang défilèrent, lui rappelant son périlleux parcours pour arriver jusqu'en France. Abelle, voyant vaciller Mémé, lui apporta une chaise, tout en lui prenant le club des mains. Elle découvrit alors que ce dernier semblait taché et le reposa soigneusement sur son support mural. Les deux femmes retournèrent s'asseoir à leur table de jeu et Abelle servit un cognac à Mémé pour l'aider à reprendre ses esprits. Elle en but également une gorgée, avant de l'interroger : « Qu'est-ce qui se passe ? Tu as vu un fantôme ? » Mémé répondit péniblement : « Cesse de plaisanter s'il te plaît, je sais qui a tué monsieur Aurang, et nous avons trouvé l'arme du crime ».

Chapitre 6

Mémé m'avait demandé de venir la chercher au golf pour la raccompagner à la maison. Je n'en croyais pas mes oreilles lorsqu'elle me raconta ces affreuses nouvelles. J'avais croisé parfois ce monsieur Aurang lorsque j'accompagnais Mémé au club et j'étais bouleversée de le savoir victime d'un crime si cruel. Quant à madame Sumac, elle aurait pu être ma grande sœur et je me souvenais des œillades que ce barman m'adressait quand je passais avec Mémé devant son comptoir. Je frissonnais à l'idée que j'aurais pu être à la place de cette pauvre femme.

Mais tout cela ne semblait pas trop affecter Abelle, l'amie de Mémé, qui au contraire était très excitée par les événements ! Elle ne fut pas surprise quand je leur racontais ce que mes anciennes collègues de la résidence senior où je travaillais m'avaient appris :

« Le directeur, Gilles Pollas, était un habitué du club et un joueur de poker invétéré. Il avait déjà eu des soucis d'argent et hier matin, il a été retrouvé pendu au chêne devant l'entrée de la résidence avec l'inscription « mauvais payeur » sur le front !

- Non ! Incroyable ! ont rétorqué Abelle et Mémé, d'une seule voix !

- Tu crois que c'est un créancier qui a fait le coup ? a ajouté Abelle.

- Certainement, mais inutile de le chercher, personne ne regrettera ce connard ! ai-je conclu, m'excusant pour le gros mot, mais encouragée par les hochements de tête de Mémé et de son amie.

Cette dernière a repris :

« N'empêche, ça fait trois morts proches du club et j'aimerais bien savoir qui a tué cette femme et monsieur Aurang…

- À propos, Mémé, tu ne nous as toujours pas révélé l'identité de l'assassin que tu as démasqué !

- En effet, lorsque le meurtre de monsieur Aurang m'est venu en rêve, j'ai entendu la voix de son meurtrier. C'est une voix qu'on entend souvent à la radio et parfois à la télé et il vient régulièrement jouer au golf ici… »

Mémé n'en dit pas plus et écrivit le nom de l'assassin de monsieur Aurang sur un bout de papier : Florent Canis. Je restai sans voix et Abelle ne réagit pas plus. Mémé venait d'accuser le président de la Région, député membre du parti d'extrême droite, candidat aux prochaines élections présidentielles. Nous étions dans de beaux draps ! Si nous révélions ce que nous savions, nous aurions intérêt à être loin quand ce monstre apprendrait que nous l'avions dénoncé !

## Chapitre 7

Pendant ce temps, Maxime Petiot conduisait sa Fuego en direction du siège de l'entreprise BOSUE. Figure de proue de la construction tous azimuts, ce géant du BTP n'avait pas toujours bonne presse. La firme était connue dans la région et impliquée mondialement dans de nombreux chantiers d'envergure, dont celui du mur de séparation construit par le gouvernement israélien pour soi-disant protéger sa population des attentats palestiniens. Le détective venait rencontrer le PDG du groupe, car le directeur du golf l'avait informé de la disparition d'un membre du club, Charles Brénau, candidat aux élections municipales. Ce dernier militait depuis des mois contre un projet d'aquaparc qu'il estimait économiquement et écologiquement aberrant. Petiot se fiait à son flair. Chaque fois qu'il était confronté à des situations injustes, il avait des remontées gastriques. À moins que sa consommation excessive de bonbons à la réglisse ne fût à l'origine de ses aigreurs. Toujours est-il qu'il n'avait pas l'intention de perdre son temps avec Guy Bosue qu'il considérait comme un personnage condescendant et vaniteux, pour être poli ! Le PDG de la société cotée en bourse ne comptait plus les procès remportés grâce aux meilleurs avocats et sans doute à de nombreux pots-de-vin, et ce genre de magnat corrompu avait le don de mettre les nerfs du détective en pelote ! Dans ces cas-là, il valait mieux ne pas le contrarier.

Les locaux étaient presque vides en cette fin de journée et le détective se présenta à l'accueil avec une fausse carte de police, précisant que monsieur Bosue l'attendait. Après vérification, l'hôtesse d'accueil l'invita à prendre l'ascenseur et à rejoindre le bureau de son patron, au dernier étage de cette prétentieuse tour qui donnait envie de vomir au détective. Il dissimula son malaise et suivit les indications de la jeune femme.

Arrivé à l'étage désigné, il fut accueilli par celui qu'il avait déjà vu tant de fois dans les magazines people. L'homme ne le salua pas et lui déclara sèchement : « J'ai déjà répondu à toutes les questions de vos collègues, alors n'abusez pas trop de mon temps si vous ne voulez pas que je vous laisse poursuivre cet entretien avec mes avocats ». Petiot ne se laissa pas impressionner et lui demanda sans plus de cérémonie :

« Avez-vous quelque chose à voir avec la disparition de Charles Brénau ?

- Vous n'y allez pas par quatre chemins vous ! Mais vous n'obtiendrez rien de moi sur ce ton !

- Et avec ce genre d'argument ? répliqua le détective, en pointant sur l'industriel un petit Smith & Wesson équipé d'un silencieux.

- Hé ! Ho ! Détendez-vous mon vieux, vous vous croyez à Chicago ou quoi ?

- Je crois surtout que vous êtes un sacré salopard et que vous avez éliminé le principal opposant au juteux projet d'aquaparc que votre boîte ne pourrait pas concrétiser si Brénau était encore parmi nous. »

Et sans laisser le temps au PDG d'appeler la sécurité, Petiot le plaqua au sol et appuya son révolver sur la joue du patron médusé. Bosue tenta de se débattre mais la clé de bras que lui infligeait Petiot le maintenait au sol, et ce dernier lui précisa : « Tu ferais mieux de te calmer si tu ne veux pas salir la moquette avec ta cervelle de merde ! » Le bétonneur se calma et tenta d'amadouer son agresseur :

« Pitié, ne me faites pas de mal, je pourrai vous dédommager largement de votre déplacement. Qui vous envoie ? Je ne sais pas combien ils vous payent mais je peux vous donner le triple !

- Bien sûr ! Et tu me feras descendre après, espèce de teigne ! Non, tu vas me dire ce que tu as fait de Brénau et vite, sinon, je ne te garantis pas qu'un coup ne parte pas tout seul si tu me fais trop attendre. Et si ça peut t'encourager, je sais où sont ta femme et tes gosses en ce moment, et j'aurais vite fait de les rejoindre pour leur annoncer la nouvelle de ta mort, si tu ne me dis pas ce que je veux entendre.

- Très bien, très bien ! Lâchez-moi s'il vous plaît et je vous dirai tout.

- Tu me prends pour une buse ou quoi ? Arrête de négocier et crache ou je t'achève, et ta famille te rejoindra bientôt !

- Ok ! J'ai fait en sorte que cet empêcheur de tourner en rond de Brénau ne puisse pas sortir : j'ai demandé à mes hommes de le couler dans le béton, puis ils l'ont ensablé sous un bunker[3] du parcours où il joue régulièrement. Vous le trouverez sur la piste du trou n°... »

Le coup partit et Maxime Petiot ne prit pas le temps de contempler le joli trou qu'il venait de percer dans la tête de Guy Bosue. Il regrettait un peu d'avoir tiré avant que Bosue ne précise l'endroit où se trouvait le corps de Brénau ; les flics allaient devoir fouiller plus longtemps.

Il rangea son arme dans la poche de son imperméable et partit en repensant à cette citation qu'il avait entendue un jour dans un club de golf : « La différence entre la chasse et le golf est qu'au golf, le trou où pénètre la balle est déjà fait. »[4]

---

[3] Fosse de sable, obstacle d'un parcours de golf.
[4] Citation golfique anonyme.

Chapitre 8

Le ciel pleuvait tout ce qu'il pouvait ce jour-là, une vraie passoire, et Mémé avait renoncé à rejoindre son amie au clubhouse, d'autant plus qu'elle n'avait jamais trop aimé les éclairs et le tonnerre. Abelle avait donc quitté plus tôt son repère pour rendre visite à son amie et la trouva en ma compagnie devant sa télé, regardant les informations. Le présentateur annonçait la disparition de Charles Brénau.

« Mais que fait la police ?! » lança Abelle, en ajoutant : « C'est aussi un habitué du club… Et de quatre ! » Et le journaliste poursuivit :

« *Autre fait divers : le corps du directeur d'un abattoir a été retrouvé déchiqueté dans une machine de la chaîne d'équarrissage de son établissement. Une jeune femme, Diane X s'est rendue à la police en avouant être à l'origine de ce crime. Cette activiste, membre d'un groupe de défense des animaux, a précisé qu'elle souhaitait, je cite : Débarrasser la planète de ces salopards de tortionnaires d'animaux !* »

En voyant la photo de la demoiselle à l'écran, malgré le visage flouté, Abelle reconnut la fille d'un membre du club !

« Décidément, c'est une épidémie ! Si les gens commencent à faire leur propre loi, je me demande où on va ! C'est le cinquième décès lié à notre club et la police ne semble pas encore avoir fait de lien entre ces différentes affaires !

- Vous avez raison Abelle, mais peut-être ne sont-ils pas tous liés ?

- Tout juste ma petite Léonore », m'encouragea Mémé.

Je récapitulais alors : « Il y a d'abord eu monsieur Aurang, tué par l'affreux Canis. Puis Catherine Sumac, mais nous ne savons pas si elle a été assassinée, même si nous soupçonnons le barman du clubhouse. Pollas est venu allonger la liste et nous imaginons que ce salopard a été pendu par un créancier. Maintenant, le candidat à la mairie a disparu, sans doute éliminé par un rival, et enfin, la fille d'un des membres a jeté un tueur d'animaux dans son propre hachoir ! Je ne sais pas vous, mais moi, je ne saisis pas le lien entre tous ces crimes, à part qu'ils sont tous proches de votre club de golf…

- Je ne sais pas si nous comprendrons un jour, mais en attendant, j'espère que ça va s'arrêter là ! » conclut Mémé, le regard perdu dans une contemplation silencieuse de la pluie glissant sur la baie vitrée du salon.

Abelle continuait de commenter les événements mais je ne l'écoutais plus. Je regardais Mémé avec admiration. Elle était toujours impeccable. Elle choisissait ses tenues avec goût et chaque vêtement et bijou avaient un sens. Ce jour-là, elle portait une confortable robe d'intérieur en soie aux motifs semblant inspirés de la Renaissance. Des boucles d'oreilles ornées d'un rubis gouttaient sous sa chevelure d'argent, et une pierre identique, posée sur sa gorge, soulignait son souffle paisible. Assise, songeuse dans ce fauteuil face à l'orage, elle semblait impassible. Elle était digne en toutes circonstances, mais aujourd'hui, l'ombre de la pluie sillonnait sur les rides de son front et donnait une lueur sombre à son regard.

## Chapitre 9

Le Père Donare se tenait face à l'évêque qui l'encourageait à se confesser :

« Parle sans crainte mon fils. Quel tourment t'amène ?

- C'est difficile mon père. Je ne sais comment partager un si lourd secret. Je me demande si Dieu pourra pardonner un tel péché.

- Voyons, mon fils, tu sais bien que Dieu est tendresse et qu'il ne nous juge pas selon nos actes mais selon notre cœur. Allons, dis-moi ce qui te trouble tant.

- Il s'agit d'un aumônier de ma paroisse. Il m'a confessé qu'il a eu des attouchements avec une jeune fille du lycée Sainte-Blandine où il tient sa permanence. Il prétend que la jeune fille semblait amoureuse et qu'elle lui rappelait un amour de jeunesse. Il n'a pas su résister à la tentation de sa chair. Que devons-nous faire mon père ?

- Prions mon fils. Confions cet homme et cette jeune fille à Dieu. Tu as bien fait de me remettre ce fardeau. Je vais rencontrer cet aumônier et faire en sorte que cela ne se reproduise plus. En attendant, va en paix et ne te tourmente plus avec cette histoire, je m'en charge. »

Cette nuit là, le sommeil de Mémé fut de nouveau perturbé par un rêve. Elle était assise dans une salle de classe. L'aumônier du lycée se tenait près d'elle et lui caressait la main en écoutant sa confession. Elle aimait cet homme et appréciait sa présence bienveillante. Sa silhouette athlétique la rassurait. Elle aimait ses tempes poivre et sel, et cette fossette qui creusait son menton parfaitement rasé. Elle devait bien reconnaître qu'elle éprouvait des sentiments pour cet homme qui aurait pu être son père. Cependant, elle fut surprise quand il posa sa main doucement sur sa cuisse, la caressant légèrement. Elle sentit un frisson parcourir son échine et une alerte se déclencha dans son cerveau. Malgré tout, elle ne parvenait pas à se dégager de l'emprise de son confesseur et elle essayait de chasser ses craintes, pensant qu'il ne lui ferait jamais aucun mal. Pourtant, la caresse se faisait insistante et elle sentit les doigts frôler son ventre, puis, croisant le regard noisette de celui qui la caressait, elle crut déceler un soupçon de malice qui la mit mal à l'aise. Troublée par des émotions contradictoires, perdue entre gêne et désir, elle sentit qu'elle succombait et s'abandonna en posant sa tête sur l'épaule accueillante pendant que la main continuait à parcourir ses cuisses en se faufilant sous sa jupe. La suite se perdait dans une sensation de brume cotonneuse mais elle revint à elle quand les doigts la pénétrèrent. Elle se dégagea alors et partit en courant. Arrivée chez elle, elle fondit en larmes mais fit comme si de rien n'était quand ses parents revinrent du travail ce soir-là.

Quelques jours plus tard, elle sentait que cet incident lui pesait terriblement, et elle s'effondra dans les bras de son père à qui elle raconta ce qu'elle avait subi. L'homme ne perdit pas une minute. Il fila au lycée, trouva l'aumônier seul, et avant que ce dernier n'ait eu le temps de prononcer une parole, il lui asséna un coup de poing d'une violence telle que l'aumônier tomba KO. Dans la chute, sa tête heurta une table dans un bruit sourd et craquant. Le père de la jeune fille, enragé, ne remarqua pas que l'aumônier venait de mourir, et dans sa colère, il arracha la grande croix fixée au mur, la laissa tomber au sol et posa le corps inanimé dessus, bras écartés.

La porte s'ouvrit et deux hommes maîtrisèrent le père de la jeune fille qui semblait maintenant catatonique. Ils l'accompagnèrent au bureau du proviseur qui leur demanda d'oublier ce qui venait de se passer. Seul avec le père de la jeune fille, le proviseur conclut avec lui qu'ils pourraient ne pas révéler comment les faits s'étaient déroulés. Ainsi, le père pourrait considérer que sa fille avait été vengée, on ne saurait jamais qui avait tué l'aumônier, et le père de la jeune fille ne serait pas inquiété.

Mémé se réveilla bouleversée et appela Abelle pour lui raconter son cauchemar. Elle ajouta qu'elle avait déjà vu l'aumônier au clubhouse, et de toute évidence, l'Église allait étouffer l'histoire.

## Chapitre 10

Mémé se remettait difficilement de sa dernière nuit. Ressentir ce qu'avait vécu cette lycéenne la perturbait profondément. Je l'accompagnais en voiture pour retrouver son amie au clubhouse. Nous étions silencieuses. Je pensais à cet homme qui n'avait pu se retenir de faire justice lui-même, il devait être bouleversé aussi par les événements. Comment apaiser ces pauvres âmes ? J'aurais aimé pouvoir offrir un peu de réconfort à cette jeune fille, la soutenir, la consoler de ce qu'elle avait vécu, l'aider à ne pas se sentir coupable de la mort de son confesseur. Savait-elle seulement que ce dernier était mort ? Et que c'était son père qui l'avait tué ? Était-ce seulement souhaitable qu'elle le sache ? Je ne trouvais aucune réponse à mes questions et Mémé me sortit de mes réflexions en augmentant le volume de la radio de la voiture. Les infos annonçaient la mort d'une nouvelle adhérente du club de golf ! « ... *venons d'apprendre par un communiqué de la police que Madeleine Nasier s'est étouffée avec une mignardise à la fin d'un repas apparemment trop copieux, au restaurant du Golf du Tilleul. La sexagénaire était déjà décédée lorsque les secours sont arrivés. Le directeur s'est déclaré bouleversé par ce nouvel incident survenu dans son établissement mais n'a pas souhaité commenter davantage. Tout de suite, nous retrouvons notre spécialiste nutrition, le docteur Eugénie Sana pour une analyse complète de cette affaire...* »

Je garais la voiture sur le parking du clubhouse devenu le QG de la police. Abelle nous attendait à sa table habituelle, et à voir nos mines déconfites, elle déclara :

« Je vois que vous êtes au courant de ce nouveau décès qui vient s'ajouter à la liste : et de sept ! Ho ! N'allez pas pleurer cette nouvelle victime, à la voir chaque jour s'empiffrer, je crois que la police se rendra vite à l'évidence, la thèse de l'empoisonnement sera rapidement écartée au profit du suicide !

- Quand même Abelle, tu pourrais faire preuve d'un peu de compassion parfois ! En tout cas, je crois qu'il va falloir changer de lieu de réunion si on ne veut pas que nos noms s'ajoutent à cette liste. L'endroit devient dangereux, vous ne trouvez pas ?

- Tu as raison Mémé, nous serons mieux ailleurs pour réfléchir à tête reposée. Il y a trop d'agitation ici.

- Très bien, allons chez moi, je vous ferai un thé et nous reprendrons nos réflexions avec ces nouveaux éléments. Nous serons plus au calme à la maison et j'ai besoin de me reposer.

- Excellente idée, conclut Abelle, nous pourrons notamment choisir si nous pouvons partager avec la police certaines informations dont nous disposons et qui semblent leur manquer. »

J'emmenais donc mes deux mamies à distance du golf pour une tea-party au cours de laquelle nous allions tenter d'échafauder une stratégie, pour élucider les mystères survenus ces dernières semaines.

Chapitre 11

Léonore et Abelle ne s'étaient pas attardées ce jour-là chez Mémé. Après une tasse de thé et quelques idées fumeuses, elles avaient convenu qu'elles manquaient de force et de pistes sérieuses pour combler les vides des histoires qui les préoccupaient tant. Mémé avait remercié son amie et sa petite-fille de leur soutien, et ses deux invitées l'avaient laissée, lui recommandant bien de se reposer autant que possible.

Pendant ce temps, Maxime Petiot roulait à bord de sa Fuego vers la forêt voisine du golf. Il avait en effet trouvé sur son pare-brise une feuille pliée sur laquelle était noté :

« Rendez-vous à la croisée
de la route forestière principale
et de la départementale qui traverse les bois
derrière le golf.

Venez seul !
et suivez la piste jusqu'à un chemin.
Garez votre voiture et continuez à pied.
Vous trouverez. »

Pas de signature bien sûr et le détective se demandait bien ce qui l'attendait. Prudent, il enfila un gilet pare-balles et laissa un message sur le répondeur du directeur du golf, l'informant de sa destination et lui demandant de prévenir la police s'il ne donnait pas de nouvelles dans une heure. Ces précautions prises, Petiot gara son véhicule à l'endroit indiqué et poursuivit en marchant. La fraîcheur du sous-bois contrastait agréablement avec la chaleur de ces derniers jours. La forêt était calme, seul le vent venait troubler le silence en froissant légèrement les feuilles des hautes futaies. L'humus diffusait ses effluves boisés, évoquant au détective des souvenirs rassurants et familiers, mais il restait sur ses gardes.

Et justement, au milieu d'une petite clairière, il découvrit une silhouette, pieds et poings liés, comme un gibier posé à même le sol. Petiot sortit son révolver et s'accroupit pour observer les alentours en tendant l'oreille. Soudain, il aperçut un jeune homme, les bras en l'air, venir vers lui en disant :

« Je ne suis pas armé. Je m'appelle Benjamin Simano, je suis le fils de Gérard Simano. Mon père a été tué par un chasseur alors qu'il faisait une balade à VTT. Le président de la société des chasseurs a déclaré qu'il s'agissait d'un accident mais je ne crois pas à la thèse de la balle perdue, et je sais que c'est lui qui a tiré sur mon père. Ils ne s'appréciaient pas beaucoup et le président des chasseurs ne supportait pas que mon père obtienne systématiquement de meilleurs scores que lui aux tournois…

- Ok Benjamin, qu'est-ce que tu veux de moi ?

- Je sais que vous enquêtez sur les décès survenus au golf ces derniers temps. J'ai constaté que tous ont un lien plus ou moins proche avec le club. J'ai trouvé ça louche et j'ai pensé que certains décès pouvaient être l'œuvre d'une ou plusieurs personnes. Je ne connais pas toutes les personnes décédées mais j'ai le pressentiment qu'un groupe est derrière tout ça et j'aimerais vous aider à résoudre cette énigme. Je vous ai donc apporté un trophée : je ne serais pas étonné que cette prise soit un des membres de cette société secrète. »


Le détective s'approcha du corps ficelé au sol et constata qu'il avait été abattu d'une balle dans la tête !

« C'est toi qui as fait ça, petit ? demanda-t-il au jeune homme.

- Oui et je le referais, si ce fumier n'était pas déjà mort ! Je peux vous garantir que ce salaud n'a pas que le meurtre de mon père à se reprocher. Je vous le livre, mais est-ce que je peux compter sur votre discrétion ?

- Tu as ma parole, gamin. Je n'ai jamais pu piffrer les chasseurs et je suis bien content qu'il y ait un con de moins sur cette planète ! En revanche, je crois qu'il est préférable que tu restes en dehors de tout ça.

Nous allons planquer le corps en attendant d'y voir plus clair sur toutes ces histoires, et si tu dis vrai comme je le pense, nous ferons sortir du bois toutes ces vermines et la région retrouvera son calme. »

À ces mots, ils enterrèrent le corps après l'avoir emballé dans une épaisse bâche plastique. Le détective espérait que le gamin tiendrait bon, le temps d'assembler les dernières pièces du puzzle. Petiot recommanda ensuite au jeune homme de rester tranquillement chez lui ces prochains jours et d'attendre sagement le dénouement. Puis il retrouva sa Fuego. Il appela le directeur du golf pour lui confirmer que tout allait bien et qu'il viendrait l'informer des nouveaux éléments de son enquête le lendemain. Enfin, il rentra chez lui en remerciant sa bonne étoile de lui servir ces révélations sur un plateau.

Chapitre 12

Mémé se promenait dans la campagne près de chez elle, profitant de la douceur matinale. Elle retrouverait ce midi sa petite-fille et Abelle pour déjeuner, et elle souhaitait profiter du paysage calme et sans relief qui l'entourait pour mettre ses idées au clair. Elle reconnaissait que les éléments dont elle disposait ne lui permettaient pas de saisir toutes les ficelles des aventures survenues ces dernières semaines, et elle se demandait bien comment tout cela allait finir, si tant est que cela finisse un jour ! En tout cas, ce n'est pas en plongeant son regard dans l'immaculé ciel bleu qu'elle trouverait des réponses. Cependant, en chemin Mémé croisa un monsieur qui la salua et se présenta :

« Bonjour chère madame, je m'appelle Dominique Coemo. Je vous prie de m'excuser d'interrompre votre promenade. Vous ne me connaissez pas mais je vous ai croisée au clubhouse du Golf du Tilleul, et j'ai eu l'impression que vous et votre amie Abelle étiez très intéressées par les événements que notre club a connus ces derniers temps. Aussi, si vous aviez un moment, je pourrais vous instruire de quelques éléments.

- Avec plaisir cher monsieur, je suis enchantée de faire votre connaissance et je serais ravie d'entendre ce que vous avez à me dire.

- Je dois vous avouer que j'ai commis un meurtre et je vais me rendre toute à l'heure à la police pour faire ma déposition, mais je préfère me confier d'abord à vous car je sens que vous ne me jugerez pas. Si cela vous convient, je vous propose que nous parlions en marchant, cela fluidifie les pensées, n'est-ce pas ?

- Cela me convient parfaitement, monsieur, et je ne vous interromprai pas.

- Parfait. Ainsi, apprenez que j'ai tué mon voisin qui refusait de me vendre un terrain qui a appartenu il y a longtemps à mes ancêtres. Je ne m'attarderai pas sur ce différend ni sur les circonstances de sa mort. Ces éléments ont finalement à présent peu d'importance. Ce qui vous intéressera plutôt, ce sont les liens qui existent entre les décès survenus récemment autour de notre club de golf. Vous vous souvenez que l'homme d'entretien a été retrouvé noyé ? Et bien, ce monsieur a été assassiné et je pourrai vous révéler par qui, car plusieurs des affaires dont je vais vous parler impliquent un groupe dont je fais partie. Il s'agit d'un cercle privé dont les membres partagent certaines idées et valeurs communes. Nous sommes également adhérents du clubhouse et depuis longtemps nous partageons des projets visant à assainir notre entourage. Ainsi, notre ami Florent Canis a tué monsieur Aurang. Mais cela n'a pas l'air de vous étonner, tant mieux. Un autre membre illustre de notre club, Guy Bosue, a été éliminé après avoir fait exécuter Charles Brénau, dont vous retrouverez le corps dans le bunker du trou n°4. Et notre barman a craqué après avoir empoisonné Catherine Sumac. Vous trouverez sûrement des indices négligés par la police dans son appartement dont voici les clés. Nous avons également perdu un de nos membres retrouvé crucifié dans l'aumônerie du lycée Sainte-Blandine mais vous n'êtes sans doute pas au courant de cette histoire que l'Église a réussi jusqu'ici à étouffer. Si ? Ha ! Tant mieux. Enfin, vous apprendrez bientôt la disparition d'un autre de nos membres, le président de la société des chasseurs dont nous recherchons encore le corps, mais je ne serais pas étonné que la police le trouve bientôt. Quant aux autres décès, celui du directeur de la résidence senior, celui de cette dame morte au restaurant du golf et celui du directeur de l'abattoir, vous avez compris que nous n'étions pas impliqués et c'est un curieux hasard que ces décès aient eu lieu dans la même période que les crimes que nous avons commis.

- Mais pourquoi révéler tout cela aujourd'hui ? Et pourquoi avoir choisi de mettre à exécution vos plans meurtriers de façon si rapprochée ?

- Madame, un parcours de golf compte dix-huit trous, or, nous avons déjà neuf morts. Je trouve que cela fait déjà trop, et je pense que cette hécatombe doit cesser avant qu'on ne finisse par avoir plus de golfeurs morts que vifs. Quant à la raison de la proximité de ces assassinats, c'était un choix délibéré pour dérouter la police. Les modes opératoires et la diversité des mobiles nous laissaient penser que les inspecteurs ne réussiraient pas à nous démasquer. Par ailleurs, nous étions tous membres du parti de Florent Canis et nous avions fait serment de nous soutenir en cas de problème. Mais je sens que la vérité finira par éclater et je ne supporterai pas d'attendre qu'on m'élimine comme notre ami Bosue, ou que les rats quittent le navire, car je connais suffisamment les membres de notre cercle pour savoir qu'ils ne résisteront pas longtemps avant de s'entretuer. Je préfère donc me rendre à la justice et peut-être profiter d'une certaine protection. Sur ce, madame, je vais vous laisser terminer votre promenade et je vais de ce pas me rendre aux forces de l'ordre. » conclut-il, en saluant élégamment Mémé qui le regarda s'éloigner comme on contemple un dernier coucher de soleil.

Mémé regagna son appartement, soulagée de savoir que les choses allaient se calmer et impatiente de partager ce qu'elle venait d'apprendre avec sa petite-fille et Abelle.

## Chapitre 13

Arrivée chez elle, Mémé fut accueillie par Abelle et Léonore qui venaient d'arriver. Elle leur dévoila tout ce que lui avait révélé Dominique Coemo et elle leur proposa de passer chez le barman avant de déjeuner. Bien que les lieux soient mis sous scellés, elles pénétrèrent dans l'appartement où un certain désordre naturel, auquel on peut s'attendre chez un célibataire, contrastait avec les repères que la police avait laissé apparents ça et là. Mémé fit signe à sa petite-fille et à son amie de ne toucher à rien et de rester silencieuse. Puis elle ferma les yeux et pris une profonde inspiration. Léonore ne perdait pas une miette des gestes de sa grand-mère. Elle la voyait tendre l'oreille, comme si une musique lointaine lui parvenait avec difficulté. En effet, Mémé écoutait ce que l'appartement avait à lui raconter. Des voix, des rires, des chuchotements, lui parvenaient. Certains messages anciens, d'autres conversations plus récentes. Elle se focalisa sur ces dernières tout en se dirigeant vers le fond du salon où elles étaient entrées. Une porte ouverte donnait sur un bureau. En avançant vers une armoire métallique fermée, elle entendait une recette et attrapa un papier sur le bureau et un stylo pour noter les ingrédients, les quantités et le procédé de fabrication. Puis elle ouvrit l'armoire avec une des clés du trousseau remis par son informateur, et découvrit des ustensiles de chimie. Abelle ne put retenir un sifflement d'admiration en ajoutant : « Mazette ! Il ne lésinait pas sur les moyens le barman quand il voulait faire des cocktails spéciaux ! » Mais elle s'interrompit car Mémé lui faisait signe de garder le silence. En effet, elle poursuivait son investigation. De nouveaux éléments lui vinrent et elle se dirigea vers la corbeille à papier, d'où elle sortit un brouillon griffonné indiquant des horaires de vols pour le Mexique. En saisissant le papier, elle eut un flash et elle vit le barman rire aux éclats et criant : « À moi la Datura, j'arrive Santa Catarina ! » et elle ajouta sur le papier « État de Morelos ». Puis elle regarda sa petite-fille et Abelle, et leur annonça : « J'en connais un qui ne va pas rester tranquille longtemps ! Partons, je crois que nous avons ce qu'il nous faut pour que justice soit rendue à cette pauvre Catherine Sumac ».

Sur ces bonnes paroles, elles allèrent se restaurer et jouir d'un repos bien mérité. En feuilletant le journal, elles découvrirent les révélations de la police concernant l'assassinat du président de la société des chasseurs. L'article précisait qu'on ne connaissait pas l'auteur du meurtre et le journaliste ne faisait pas de lien avec un accident de chasse survenu quelques jours plus tôt. Enfin, elles décidèrent de ce qu'il convenait de faire à propos des informations dont elles disposaient et rédigèrent une longue lettre à destination de la police, indiquant tout ce qu'elles savaient concernant les décès de Catherine Sumac, de monsieur Aurang et de l'aumônier du lycée Sainte-Blandine. Elles rédigèrent également une lettre à l'intention du Pape, espérant que l'Église saurait trouver la meilleure manière de soutenir la victime de l'aumônier. Enfin, elles adressèrent également un courrier à la jeune fille, l'invitant à les rencontrer si elle le souhaitait et lui précisant les raisons de leur choix, espérant qu'elle comprendrait que la vérité est le meilleur moyen de lutter contre les abuseurs de tout poil.

Mémé était contente de sa journée, et elle invita Abelle et Léonore au restaurant pour fêter la résolution de toutes ses affaires. Elle releva cependant qu'elles ne savaient toujours pas qui avait pendu Pollas. Mais était-ce si important ? À la fin du repas, elle fit une proposition à sa petite-fille et à son amie : « Et si on prenait un peu l'air ? J'aimerais bien aller me reposer dans un endroit calme, chaud et spacieux. Que diriez-vous d'une petite escapade dans le désert ? » Léonore et Abelle applaudirent et embrassèrent Mémé en approuvant cette excellente idée !

## Chapitre 14

L'avion allait bientôt décoller. J'étais heureuse de partir avec Mémé et Abelle pour ce séjour dans le Sahara. Nous survolions les Alpes, et le regard de Mémé se perdait dans les nuages posés sur les cimes enneigées. Abelle feuilletait le journal et soudain elle s'exclama :

« Écoutez ça les amies : *Un parcours sans faute au Golf du Tilleul ! Après plusieurs décès survenus dans l'entourage du club, la police a démantelé un réseau morbide qui avait décidé d'éliminer certaines personnes qui ne leur convenaient pas. C'est ainsi que Florent Canis a été arrêté hier et mis en examen...* »

Suivait la liste des membres du cercle privé : le barman qui allait être extradé prochainement du Mexique, Guy Bosue, dont le corps avait été retrouvé dans un bunker du parcours, près de celui de Charles Brénau, ainsi que Dominique Coemo et le président des chasseurs. L'article ne parlait pas de l'aumônier mais un sms venait justement d'arriver sur le portable de Mémé. C'était la jeune lycéenne qui nous remerciait pour notre lettre et nous informait que l'église avait décidé d'excommunier l'aumônier à titre posthume et de soutenir sa famille. Des avocats du Vatican l'avaient assurée de leur collaboration pour éviter à son père d'être condamné pour meurtre mais de plaider la légitime défense. Nous étions aux anges !

Au moment où l'avion décollait, je me remémorais cette réception, la veille au clubhouse, au cours de laquelle le directeur du Golf du Tilleul avait sabré le champagne ! Le club avait retrouvé son calme, et ses membres revenaient avec plaisir profiter de leur green préféré. Avant d'aller tenter de réaliser leurs plus beaux swings, les golfeurs avaient inauguré une plaque de cuivre installée à l'entrée du club en mémoire de Catherine Sumac, Madeleine Nasier, Charles Brénau et monsieur Aurang. Sous leurs noms gravés sur le métal, était inscrite la phrase :

« Qu'ils reposent en paix »

et la nouvelle devise du club :

« Le défi du golf, c'est d'accepter d'être imparfait »[5].

---

[5] Citation golfique anonyme.

Face au désert, j'avais en tête le Requiem de Mozart. C'est vrai que l'étendue infinie qui s'ouvrait devant moi inspirait le repos. L'air était chaud et sec. Le vent m'apportait des saveurs poivrées, quelques rires d'enfants, des murmures lointains et les prières de ceux qui vivent là. J'étais étonnée de la diversité qui s'offrait à mon regard. Je m'attendais à découvrir une région vide. Le désert quoi ! Mais non, le paysage était fait de creux et de dunes, de vagues et de crêtes. Au loin déambulaient des dromadaires à la marche gracieuse. Parfois apparaissait un oiseau curieux. La caresse du sable sous mes pieds m'offrait une sensation de douceur que je n'avais jamais ressentie, un sentiment de plénitude. Rien de vide ici. Même l'air était plein. L'odeur du pain cuisant dans les braises sous le sable me mettait en appétit. Mémé se reposait, allongée au fond de la khaïma, profitant de la fraicheur de cette accueillante tente qui nous protégeait du soleil.

Pour la première fois, je sentis une relation particulière avec Mémé. Je faisais face au paysage et elle se trouvait derrière moi sous la tente, mais je pouvais la voir intérieurement et je savais qu'elle ne dormait que d'un œil. Sans qu'elle ne parle, je l'entendis me dire : « Bientôt je te dévoilerai mes secrets. »

Abelle vint s'asseoir près de moi à l'ombre de l'entrée et me dit à voix basse, pour ne pas déranger Mémé, qu'elle pensait endormie :

« Je dois t'avouer quelque chose ma petite Léonore. C'est moi qui ai fait exécuter Gilles Pollas ! J'ai joué quelque fois au bridge avec lui au clubhouse, et plusieurs fois pour de l'argent. Il m'en devait beaucoup et lorsque j'ai appris toutes les horreurs dont il était responsable dans cette maison de retraite où tu travaillais, j'ai perdu les pédales et j'ai décidé qu'il fallait mettre fin à ses agissements. J'ai payé des hommes de main pour le pendre au chêne et écrire cette phrase qu'on a retrouvée inscrite sur son front. Je ne suis pas fière de moi, d'autant plus que ces messieurs ont pu récupérer une jolie somme dans le coffre de son bureau. Je les ai grassement payés et j'ai conservé ce que me devait ce salop mais j'enverrais bien le reste à notre amie lycéenne. Qu'en dis-tu ?

- J'en dis que c'est une excellente idée ! » ai-je répondu en l'embrassant chaleureusement.

Au même instant, j'ai senti que Mémé s'endormait pour de bon. Elle allait pouvoir enfin se reposer de toutes ces émotions.

Chaleureux remerciements à Tom-Tom, Alain et Marie-Jo, Gérald, Laurent et Pascale pour leur relecture attentive, à Valérie et Gilles pour le défi du golf, à Rachel pour sa contribution au planté de décor, à Nicole pour ses oreilles de lynx ! et aux golfeurs qui ont eu la bonne idée de partager leurs originales citations anonymes.

Du même auteur :
« *Empreintes* », recueil de nouvelles - novembre 2017
éditions BoD - Books on Demand
ISBN : 978-2-322-10014-9

Mémé Justice

Imprimé à compte d'auteur par Benoît Houssier

Éditeur : BoD-Books on Demand, 12/14 rond-point des Champs Élysées, 75008 Paris, France

Impression : BoD-Books on Demand, Norderstedt, Allemagne

ISBN : 978-2-322-08999-4

Dépôt légal : novembre 2018